独居小吟

栗原澪子歌集

コールサック社

歌集

独居小吟

目次

I

２０１２年〜２０１４年／80歳〜82歳

Ⅱ

2015年〜2016年／83歳〜84歳

Ⅲ　2017年〜2019年／85歳〜87歳

歌集

独居小吟

栗原澪子

I

2012年～2014年
80歳～82歳

ボトルの水

夜おそくボトルの水を飲みしかば細き水面に
波浪が見えつ

呼吸法に思ひ至るはいつもベッド仰向けのまままさぐる唯識《ゆいしき》

二度目覚めそのたび夢を見てゐしが朝《あした》見ますは雪庭の夢

洗濯吊りも吊るされ物もシルエットがひかり
になって雪晴れの軒

昼十一時廂の雪はドドドッと落ちストーブの
湯はしづかに滾ち

ストーブの石油雫《しづ》くか音のあり焚火くづれる
間合ひに似たる

いつの日も刻の移りは庭にあれど雪積む庭の
ひかりの翳の

一月の凍つる十勝に呼ばれゆく子の講演よ
変事《こと》なかれかし

履いて行く靴のことまで内心では心配してる
還暦の子の

弓取りの力士変りぬ初日の土俵つとめて降りるふくらはぎにも

包帯巻かれ細い筒っぽになりながら何につけまづ応《あた》らむと右の親指

湿けマッチいかにも心もとなけれ静かに静か
に焔とぞなる

タンバリン

デモはいつも東京に行ってゐたさよなら原発
でやうやく町に

一万人規模にあらず百人たらずなり町内に声出してゆく

一緒に歩きたしと友ら言へりSさんは大腿骨骨折Mさんは肺水腫

白髪の多きを率して先頭をゆく若き女性の声
量もわが町のもの

出だす声にあらためて肯《がへん》じ承認を繰り返すか
な「原発いらない命まもらう」

琴歌の師匠Sさん一緒ならまろやかならむ
「原発いらない命まもらう」

両サイド警官多しパレードの数と見なしたい
ところ声かけたいところ

市に唯一なるデパートのまへ先導のシュプレ
ヒコールひとときは勢《きほ》ひ

太ゴシックにてNOと貼りたるタンバリン家に
帰れば仏間に供ふ

もっと大きいのを買へばよかったタンバリン
頭の上のかしゃかしゃかしゃがさみしい

鴨に告ぐべくもなし

姫辛夷ついばむ鵯《ひよ》に告ぐべくもなしこのそよ
風にのる放射能

谷の水木の間深山の堆む土にセシュウム値高
しと何たる悪事

レジ袋たまりにたまり抽斗の閉まらぬざまや
苦《にが》しこの夜

洗濯板買はんかな見当はダイソー店百円の品揃ひに

洗濯板の思ひつきはよし反原発節電プランよりもよろし

昔ながらの固形せっけん掌になじみ紙雑巾は
泡の子となる

姫松に黄葉が増えゆく一合の米研ぎ汁のくれ
すぎかやはり汚染か

生り年の黄金の柚子清々と耀きゐるも汚染果
といふ

つつましき子の土産品　乳酸水・塩・クロレ
ラ・真ん中に光る針セシュウム線量計

衆議院選挙自民圧勝

鳩チャンとて新基地案を揶揄《わら》ひたる時評家戻りたる数の背に寄りゆく

選挙ハガキ配られし日は門ごとのバイク音蜜
蜂のごとく聞きしが

掃除機に靴のそこひの塵吸はせ清しからざる
思ひに至る

ああさうだ流し裏のマンホールの蓋あけて溜
まりを缶カンで掬ふとしよう

堀さんは十一時山下さん三時吉田さん四時の
ウォーク変りゆく国の背をみな励むなり

芳子さん今は鬱の期かウォークも頭を垂れて
娘さんのかげ

わが独居気遣ひて日に一個づつのプリン持ち
くれし時期もありしが

黒きスーツにビジネスケースぴったりと新人
はスーパーの裏手に向かふ

積み材のど長きの尖端《さき》に赤い巾《きれ》トレーラーが
辻をおしあけてゆく

売茶翁

景気浮揚アベノミクスとはやしたつ言論も株のうちのものか

規制委員の政治的中立をうやむやにせむとて
張りめぐらする言論もあり

不偏不党となふるの条ながながと総理の言葉
のみながながと

アルジェ独立はかの大陸の夜明けなりし今日
ゲリラ残らず射殺のニュース

ロレンスの盟友たりしアラビアのアリのその
後をニュースに重ぬ

「万人坑」強制労働の記録読むどうにもならず著者さへ恨み

脅威論者ならみて条理つくすかな仮想敵国つねにこと欠かず

売茶翁《まいさをう》のゆかり尋ねてめぐる旅　花も紅葉も
無けれどもよし

元祖でも家元でもなし売茶翁は京の路傍に茶
を煎じたり

良寛は僧にて托鉢《はち》を売茶翁は還俗して俗なら
ぬ銭筒を持ち

「非僧非道又非儒」　こころのゐすわりをつね
に拒みて銭筒を立て

八十三歳にて茶具ことごとく毀《こぼ》ちたる翁のゆ
かりには展示品なし

わが読書いつより子には従へる？　売茶翁の
詩を知れるもしかり

あきらめてゐれば陽がてる物干せばかげる雲
なんか相手にするか

谷中の寺

灼かれたる死者にこそ聴け三月十日核武装説

くマイクまがまがし

谷中なる寺の高みに街のいらかと香のけぶりと幾年へたる

春風に香はながれて亡き人は知らざりてけむ目路とほし

暁をひたぶる泣きて泣き明かし泣きつつ朝の
米研ぎしこと

恩愛はさまざまあらむ中にても師のそれはこ
の世に清し

拙かる作といへどもわが書く詩よろこび迎へ
くれき師なれば

「書いて来た？」顔みればかく求めくるる人
わが生にもはや無し

賜りし風呂敷よりもややはつか色あはくして
桜ばな降る

ヒロシマ忌

ヒロシマ忌丸木館には冷房がなし友の分まで
ウチワ持ち行く

丸木美術館の一つの選択エアコン廃止冬の集
ひの凍《いた》かりしこと

死の灰より五十九年白石又八さんの言葉冷静《しづか》
にてあくまで靭《つよ》し

十九歳春南太平洋への出帆は生業・壮健・仲
間・故郷奪ひき

補償することは事実を認めること日米政府は
今に至るも補償をなさず

不当なりし見舞ひ金さへ近隣にさめたる視線
を生ましめしとかなし

故郷はなれクリーニングに生計《たつき》なす人の生体
に科されし証拠

敏感いや病むと言ふべきか交差点の死が放射
線の死と聞こえ

汚染値の最新値なる子のファクス餃子ウイン
ナー特に吟味と

子は言へりとにかく生きてゐた原形の知れる
もの食べよと

夏萩の花

逝きて十年夫に盆棚を新調すちらし価格に夏萩の花

天井まで積み上げそのまま逝きし本　盆の後《しり》
方《へ》の佛画となさむ

宵の間の畳しづけし水鳥のごと跼くまり栞を
辿る

今様の盆棚の材纖《ほそ》きなれど崩れてはかしゃかしゃと啼く

纖き材十六本広き材六枚小さきネジ二十四個
はかなし夜の友

書斎にてかかる細工の夜ありと互《かたみ》に夢想せしことありや

夜の風外にあるらし暑き日の畳おのづと潜まりてゆく

朝顔のつぼみし花を口に吹く少女に訊ね曲がる路地おく

朝礼にまへうしろして朝なさな並びし友のその後を知らず

別れわかれの人生が待つなどとは朝礼の埃の
なかの夢

二重瞼にと願ひし女《をみな》いさめたる昔日の外科医
よ日赤の青年医

妻といふものさほどうつくしきものならず桶
の水かへて墓を清めつ

赤丸の仇名を持ちし人なりき彼は過激派と妻
を呼ばひき

（本名克丸）

あなたのパンツ一生だまって洗ってました若
しかしてそれ故の過激派

墓下の事もなき田とゆるき川恋の日の彼の村
に似て

墓下の崖の蔓草あるとしもなきむらさきに桶の水分く

嵐来て猛暑ひとはけ溝すみのアメリカ菊の葉の斑かな

獰猛な夏軍団は或る一夜裏切りありしがごとく白旗

オリンピック〈ＴＯＫＹＯ！〉シャッターぱちぱちしらじらと福島呼ばる

無人地に地霊さまよひ安全宣言は海の彼方の
晴れ舞台にて

「戦争の作り方」なる冊子クリップに留めゆ
く通されてゆく秘密保護法

秘密保護法の危害言はむとマイクに出し人な
つかしき文具店老店主

治安維持法にいためつけられつつ詩を書きし
菅原克己わが師想はな

沖縄の海

臆面もなし札束つんで珊瑚なす辺野古の海を
知事に売らせつ

三千億の税金を鞭にして飴にして仲井眞知事の横面

うぶすなを金で売ったと解説者誰もいはざりき民主々義国

「大統領の陰謀」記者はロバートレッドフォード・ダスティンホフマンだけどあの部長
ジャックウォーデンだったんだあ

終身刑にて獄中二十七年マンデラ氏九十五歳
の訃　訃なる生

フンコロガシは銀河のひかりに導かれ球運ぶ
とぞほんとかしら

消されゆく欄さみしきを住所録にカタカナ文
字のいつか増えゐる

グランスウィートとかドルチェ・エクセルなるマンションに孫も甥子も住みてゐるなり

凛としたと人持ち上ぐる手紙来て昨日今日わが背のびゐる

音たかくわれは短日の雨戸閉む隣家には四輪
駆動車のバック音

年賀状に元気ゲンキと書き添へて何かぼんや
り独りにもどる

Ⅱ

2015年～2016年
83歳～84歳

ぬか漬け

おのが顔の皺にまづは仰天　白内障の手術成
功す

簡単な手術にしては面相にまで響きしかなど
怪しむあはれ

卓上に活けし蕾が六日経つつ諸《もろ》花びらを動か
して薔薇

美智子妃はうつくしけれどカメラありてうつくしき項《うなじ》は伸びず

咳しつつ自転車にゆく裏の児は風邪でも塾をやすまぬらしき

十五年独居老居のわがポスト　英数塾のちら
したのしや

白き蕪ぬか漬けにしぬ一度臥てまた起きて
葉っぱ茹で刻みタッパーに

指呼せずに切りしスウィッチ再度また明かり
をつけて点呼するなり

春しぶき

たち悪の風邪しのぎたりホカロンを背に友に
電話す

背の悪寒いまだ残れど今日より二月庭のひかりにこころを延ぶる

風邪癒えてプール再開しのいじゃったしのいじゃったとシャワーが囃す

生徒といふ名辞かむれば八十五歳号令いっか
コースの児となる

コーチにも成績あるらむ叱咤されればまだゆ
けさう折り返し蹴る

プールにも学期末あり　四種目通し二〇〇
米　おお春しぶき

お幾つですか小声に聞かる痩せっぽっちのお
婆さんへのやさしいお世辞

子供のころは泥沼でしたね総ガラスのプール
サイドにありあまる陽

泥沼の国民皆泳海国日本ポスターの少年兵の
リボン帽

プール帰りのママのおしゃべり見上げゐる男の子も女の児も桃の実

運転免許返上

明日よりは車なきなり不服げな足に赤いスニーカー買ふ

助手席にありし友らに永訣を告ぐるごと免許
返上知らせ

凍てし夜ふけドア氷らせてギリギリの女待ち
くるる愛車ありたり

家出せし娘の布団ぎっしりに第二京浜　遠く
行き遠く帰りき

豪雨つきエイズのゴンを猫病院にはげましは
げまし連れしハンドル

ポスターカラー

手作りのプラカードに添へ冷えピタ・塩飴・
ボトル　ＯＫ

プラカード腿にはさみて私鉄駅昼の始発に時
をまちゐる

ポスターカラーに蠟も加へしダンボール膝の
あひだにやや硬く立つ

あの人も国会前に行くな　乗り換へのホーム
に見ゆる背中の気配

わが背なも何か臭はせてゐるのだらうか　と
しても羊の臭ひにあらじ

安保法の危ふさ説きて枝野さん澤地さん　名
は聞きとれず「殺すな」と袈裟

あるいは無声に喪章で表すべきか信号にたち
まち切らるるデモの列

「つねに行為の動機のみを重んじて結果を思
ふな」十代の銘なれど

デモの列解散すれば霞ヶ関の省庁群に灯の高
き層

ばらけゆく先は街の灯とりどりの明かりのご
とくひろがれ凝り

夢の脳

知らぬまに新線はしり乗り換へをまちがへたらし暁《あ》けがたの夢

まちがへて降りし夜更けの駅のそら去りゆきし人たれとも知れず

夢にくる人よつじつまの合はぬシーンにもかの人として

場面ごといまうすれゆくあの人もこの人もとうに亡き人

夢の脳の私ならぬゆたかな創意その総量をすり抜けて身体《からだ》

宇宙時間なる想念と明月記とストロング船長
とぼんやり月の下を帰る

自転車

どういふ気はなけれども自転車に乗ればすれちがふ人さっと一瞥

雲色の中折れ帽に黄の短パンすれちがひざま
思はず見返る

車みな傍《わき》でカーブす背後からもふらふらふらふら
と見えるのか

あきらかにタイヤは嫌ひ湿り地のアンモニア
臭静かな路地を

建売りの一つまた売れぎりぎりに車収まって
閉じし門口

春風にマイク溶かせてチリ紙交換さん踏み切りの方にゐるらし

手入れよき庭にも手入れなき庭にも同じ色の躑躅さかりに

猛暑

灼け石に雑巾を干す心地よさ今年おぼえぬ猛
暑日本の

炎夜なれ熱帯夜なれどん慾に吸はしめむインド綿タオル

スバラシキ拡大鏡よあれよかしゴマ粒ほどにダニみせよかし

洗面鏡の蜘蛛にほほゑみかくる我れゴキブリ
に即腰抜かし

夕立ありと走り書きする旱《ひでり》の怨嗟さんざんと
娘《こ》に言ひやれば

母親大会のパネリスト娘は務むとふ難《かた》けれど
よく努めかし

六十年まへ襁褓して連れてゆかれし子に負は
すこの国の今日の問ひ

代々木体育館別館のだだびろき床に散らかりゐし絵本泣き声

（一九六〇年、母親大会臨時保育所）

襁褓児を見知らぬ床に置きし日の暮らしの不安いまに及ぶも

いづこにもいづれの口にも説かれつつ平和と
いふ言葉いまに哀しく

現すことと優《まさ》らなくてもよいこと一つの自由
な息になれよ

夏休み終へるさみしさあの頃は八月十五日は
いまだ無かった

長き日を外地にありし大き足をタオルケット
に寮母は巻きぬ

ホームより車椅子にて連れいだし人に見せゐ
ぬ遠くレールを

テレビタイトルはいふ「老人漂流社会」と
わが漂流の仔細はいまだ

昔むかしピロリ菌除去なせしことふと思ふ忘
れゐて長く経しかな

犬たちの散歩の衣裳おのづから流行《はやり》あるらし
日々連れ立てば

雨戸

滑らかに敷居の上を走りたる今朝の雨戸よ秋
来たるらし

家中の窓といふ窓開け放ち浴槽に秋の水満たしゆく

秋草の穂の見ゆる家小粒なれど無花果は紅に茶に紫に

家居してわれは草取る草の穂の家の人らはいづこか励む

彼岸晴れふるき箪笥の日和かな手編みセーターこんなにあったか

バラの苗蕾つければ傍らの楓の先枝剪り込まれたり

大陸に秋の前線あらはれてわが一輪挿しの花すこやけし

活けおきし夏水仙の茎伸びてトイレの壁に昧爽の藍

総身に靴下パンツハンカチ吊るされて満艦飾のパンク自転車

ゴンもラー子ももうゐないのよふくふくの穂
を風に揺らして猫じゃらし

タラオにはリカちゃんワカメには堀川君カツ
オには花沢さんゐたりき

蜥蜴のチョロ子地蜂のブン佐《ざ》大東京に孫はまぎれて名を呼ばれゐむ

朝まづの血圧表に今日よりは十月なりと大事のごとく

使ひ捨て紙雑巾を洗ひては白く陽に干すシベリア高気圧

清潔で暖かしとてテントウ虫もブヨも干したるシーツに留まる

さつま芋と林檎の皮と軒に撒けばさつまの皮
が鵯に好かれき

柚子の葉に移してやりし青虫の二日経てまた
縁に来てゐる

青虫の青き節目の二日経て一ミリがほど縮みてあはれ

人気なく朽ち目のしるきわが縁はよき処ぞよ繭ごもりせよ

電線に寄りそふ鳩のぷいと一羽ためらひもな
しひと飛びに去る

電線に一羽残され　しらばくれて羽繕ふはオ
スかいじらし

電線の鳩のカップル振られしはオスと決めてゐる人間のおばあさん

槌音

中学生殺しのニュースその後なししとしと雨
を下校生くる

里の箪笥に置きはなしだった細い服　朗読会の舞台にと娘《こ》は

一泊の里帰りの子と喋りつつ顔剃る明日は一緒に出よう

酒豪なりし姉妹いつしか酒量へらし「もういいわ」さみしきひとつ

裏の家に声響かむかとひそめつつなほ酔ひつぎし夜もありしが

窓の外《と》に遠く家建つ槌音に心付くときわれや
はらかく

独居にも強き声帯は必要なりアラッとかオ
オッとかヨオシッ

延々とおのが事のみいつよりか電話むなしも
長き友なれ

本気には覚悟いまだし断捨離は日常雑事の続
きに済ます

活動に敬意はもてり苦しきはいづれもいづれもカンパいひ来る

埋め立て反対の意志表示として送る金額《がく》乏し
といへど記す目澄《まなこ》み

大根は要らぬかと電話ありしまま人来ず大根
の畑ひろびろ

わが庭を縄ばりとしてトイレする猫ありひそ
やかなる社会相

耳かきにかさこそと鳴る耳の音かすかなれど
も永年の友

蔓バラのおとなしき花ひとまはりづつ小さく
なりて冬に整ふ

Ⅲ

2017年～2019年
85歳～87歳

杏酒

わが器管磨耗しゐるかテレビ持たずテレビを
見ずの人の鋭さ

香害を説かれてゐたりわが励むトイレぴかぴか剤の香り

薬呑むな治癒力いかせといふ娘《むすめ》老齢の日の汝かなしく

ふー子さん小康得たりと　手作りの杏酒挙げてわが独りの賀

告げられゐし余命のときになりてみれば八十余歳も足らぬごとしと

詩仲間でも女性史なかまでもなくかけがへの
なきふー子さん

百円借り米醬油かり襁褓児を預かってもらひ
し借家のなかま

ふー子さんは保険の職場わたくしは保母淡い
芙蓉花に見送られ

お互ひに耳遠ければデンワ減りメンキョも失
し逢ひ難けれど

白雪姫ごっこしてゐた次世代のいま誘ひあふ

国会前集会

待合室

待合室に今日はびっくりあの人この人猫の集
会場みたいかな

そうでしょういい先生でしょう待合室に知り
人増ゆる

それとなく観ゐし高校球児らのすこやかなら
む肛門しのぶ

採血の針スムーズに血を引けばナースの耳の
ホクロもやさし

「お風邪ですか」患者の椅子のうへから思は
ず医師のマスク問ひ

成績といふ観念怪し医師に見する血圧表に手
ごころ入るる

血圧計は心臓の高さがよし腕の下に鷗外全集
二冊

鷗外全集は文豪らしく重たいクロスけれど短歌は意外にやさし

鷗外の阿部一族の潔さモリカケに見る安倍一族よ

ゼネコンをセキコンと読みいぶかしむ刹那あ
りて新規のわらひ

ひさびさの頭痛なるかなバファリン・セデス・
グレラン旧友の貌

いざ机　するときまって思ひ付くことになって糠みそを掻きまぜに起つ

「思想の科学」鶴見和子の晩年に詠みたりといふ短歌をしのぶ

校正の戻し漸く封にしつ　さてポストまで夜道を行くか

天気予報の「ところによって」手術までの医師の説明にどこか似て

点検

寝るまへの点検五つストーブ・レンジ……消すための日々？　言ふだけヤボ

燃えるゴミを燃えないゴミに放り込みアヤッ
と覚醒　文化の日

蓬髪と皺それがわたくし　おやおや胸と背肉
の案外よろし

正月より姿を消しし小鋏の書き初め用具の箱にゐたりき

「欠席」にためらひもなくマル付くるこの身の軽さことほぐべきや

娘の譲りナイトリカバリージェルつけて寝る
もしかして返品物だったのかしら

プレゼントいつもこまごま運びくるる中にま
じれる景品もよし

すずめ蜂太きを軒に棲まはせて金色の縞うやまひ眺む

ひっそりと芝にまぎれしノギ草の花を咲かせてわれに抜かるる

わが庭は花韮の庭　芝といふは地を席捲せし
韮のさみどり

ひねもすを花韮の庭に出入りする猫と鳥と花
は揺らさず

地に埋めし煮干の滓に残りたる生きものの粒子空気を往きしか

びっしりと蟻たからせる黒い飴いや飴など落ちてゐるはずなかった

あるかなきか緑金《りょくきん》のこす肢のふし餡より垂れてかなぶん無慙

人の病のあるときの肉の図も例へばこの蟻の蝟集のごときか

めちゃくちゃに眼鏡を捜し刺されたる額たし
かむ庭より駆け入り

目覚めまへのなつかしき声山鳩の何とわが藤
棚のかげ

戸袋に近ければ明日よりは雨戸開けません葉
繁みの鳩よ

はたはたと鳩の番《つがひ》の翼かげ幾日《いくか》かありてわが
独りかな

まゆみ満天星石昌あやめ藤棚のこもれ陽うけて音なき六月

凌霄の朱《あけ》の筒花パソコンの目を上ぐるたび風なきにも揺れ

翁長知事仆れしとニュース告ぐひとひらの羽毛を土に拾ふも

白き雨テラスの上に波紋なし素透し樹脂に泳ぐ凌霄花

ＢＳニュースのあとの予報は二分なり列島を
ゆく二分の気流

気象図の一週間に風の盆の地名をさがす子の
旅よかれと

日昏れにはまだ間があれど物のかげ道の半ば
に延びて夏闌く

つくつく法師とは誰が名付けし夏休みとその
お終ひを知りての人か

凌霄は枝の元から咲きはじめ中秋蔓の先の朱

孫の児の失職のことその母の電話ききつつ見
上ぐる一花

葉のすべて虫に喰はれて返り咲きしたる李《すもも》の
秋の幼な実

何時の日のわれに従《つ》きしか閉ざしおく納屋の
三和土にチョロ子のミイラ

家族にも秘したきポストかつてありき夕《ゆふべ》ぺらぺらとちらし一枚

夜の雨に落ちし萩の葉ひぢ土のはつかを乗せて敷石《いし》を彩る

冬ちかきテラスを走るすぢほその蜥蜴は春の
二世なるべし

暮らしサポート小島さん持ちくれし屋敷柿
十二月八日食べをはる

傘さして朝刊とりに昨日からそのままだったか葵の便り濡れしめり

わが童《わらべ》葵ちゃん美しき女《をみな》となりつつ浮きことなきや

「小紺珠」とふ歌集ありたり藪蘭の小株もたぐる濃瑠璃三粒

陽のあたるカーテンに冬の蠅謐《しつ》かその謐かなるをやはり打ちたり

遺族年金選みしを悔ゆ同じくはわたくしの職
歴の貧がよかった

年末年始

アーサーは待ち合はせ場には現はれず発車寸
前にすべり込みたり

「さすがね」とわれはひとこと忙しき働き人
へのエールとなせり

混雑の通路際に席とれば電磁波の障害はすく
なしと笑み

アメリカ人アーサーに山陽のこと茶山のこと
訊きながら展示室

（頼山陽・菅茶山）

瀬戸海の初日よければど連れ立ちし笑顔にまさ
る幸ひなけむ

肢あとは鴨の家族か初浜をよぎりし重みくきやかに軽し

裏ラベルのミニ成分表　目から目に点検されて百円化粧水

目路を往く航跡ほそし島の宿にわが忘れし物
娘《こ》がとりに往く

朝に梳き夕べに梳きて布《きれ》に受くまるで収穫高
のごとく銀髪

筋肉痛二日におよぶ災難をよくよく知れどおしゃれ靴はき

褒め言葉やはり過剰にありしこと祝ふ会より帰れば考《おも》ふ

マルワリード用水路

蜘蛛の巣に顔ひっかけて舞ひ走るわが頭上の
肱《て》蜘蛛に似てきし

「人は愛するに足り、真心は信ずるに足る」
中村哲さん言えば重しも

「みんなが行くところには誰かが行くから行かなくてもよい。誰も行かないところにこそ行く」

（中村哲さんとペシャワール会員の合言葉）

写真なる哲さんの髪霜をまし滔滔たるマルワリード用水路に月高し

中村医師とペシャワール会について

　ペシャワール会が発足したのが一九八三年九月ですので、今年で三五年になります。会の活動は、中村医師のパキスタン・ペシャワールのミッション病院でのハンセン病診療から始まりました。それはアフガン難民の診療とともにアフガニスタン国内での診療に拡大し、最大時一〇ヵ所の診療所（パキスタン二ヵ所・アフガニスタン八ヵ所）を運営することになりました。二〇〇〇年から始まった大干ばつに対する水源確保事業では、一六〇〇本の井戸を掘り三〇ヵ所以上のカレーズを修復しました。その間二〇〇一年には、九・一一同時多発テロへの報復で空爆が始まりましたが、二〇〇三年からは「一〇〇の診療所より一本の用水路を！」と、砂漠化したり取水が不安定になった一六五〇〇ヘクタールの大地や砂漠に、安定的に農業用水を供給するための取水堰や用水路の建設を続けてきました。植樹も柳、桑、ユーカリ、オリーブ、ガズなど一〇〇万本に迫ります。

「ペシャワール会報」一三六号より

改竄といふコシャコシャした文字忖度といふ
ヘコヘコした字を連れて現はれ

道すがら剪りてもらひし秋明菊は小さき蕾までみなみんな咲き

テロップに当確の文字　電話ぎらひがたちまちに電話とり

デニー知事、城間市長圧勝これもまた沖縄人
の苦難のあかし

返り咲きのツツジ四輪花絶えし霜月の家にさ
えざえし紅《くれなゐ》

夕月を見むと出づればカルメラみたいな声のして子供ゐる家

猛暑の終り見とどけ剪りし槇の枝の霜月の芽立ちその緑金《みどりきん》

十七忌

亡き人には良きことをのみ　夫の墓とき経つつ漸く優し

亡き人の好まむ石を尋ぬとて見知らぬ墓をさまよひし日よ

忌日の墓は他に人なしひっそりと墓列をあゆむ刻字を拾ふ

この墓地を世話してくれし杉浦さん数基へだてて黒曜石ほそし

市議となりし杉浦さんの質問草稿を炬燵に長く練りゐし二人

野中広務といふ政治家の顔ふと思ひ出づ十七
忌の夫に詣でて

わが差別の記

餓鬼ん児にして大和撫子なりしわれ幼き差別
のまなこ持ちゐし

日米開戦近かりし秋　高圧送電突貫工事　村の空を裂きゆけり

高圧線とは如何なるものぞ中空の梁にうごめく黒き人群れ

中空よりの墜落死ひそひそと半島人なる噂ひ
そひそと部落をめぐり

或る日ふと黒き痩身のキャハン影　餓鬼ん児
はをののきて畔を逃げたり

近づくこと禁じられゐし飯場なる遠目の小屋
の紅き髪花

布団叩き

蛍光灯つけし送電柱を傍らに耀きやまぬ冬の半月

宅配にて娘《こ》の送りくる天然水アルプス熊野今
回は阿蘇

髪洗ひ踵を研き肘きよめさて足指を揉まんと
わが掌

忘れ防止に日にちを入れし錠剤パッキン新規
新案の日めくりとなり

シクラメンの弱りたる花茎《くき》抜きやらむ力の具
合わが指知れる

欅、桜、樺、草丈の萩も落葉は梢からなり繊《ほそ》き裸枝

針、鈎に魚つるして破顔する人をにくめど詮なしわが鍋

魚たちに痛覚あるのと驚いたやうな顔した社会学者ありき

来月は楽だなと思ってゐたカレンダーいつのまにか青黒赤ボールペン

物さがし戻りつ行きつ家のなか靴履かぬウォーキングと心得ばよし

横読みに疲れて呑まむハルシオンパッキンより剝かれて供へあり

眠りかね卵酒つくる栓の音殼の音砂糖の音ひそかなれど聞きゆく

貼らないホカロンがシーツの中にすこしく動き猫どもの遠き思ひ出

強迫症・癌・動脈破裂　人にさきがけ患ひし
わがこの年の命の不思議

おめでたうと子はいひくれぬわが齢《よはひ》亡き若き
母にも知らせたし

母の忌は敗戦記念日平和日本ちやうど一年目
の自死もありたり

戦没者の数に入らぬ戦争による死者ありその
数しれず

もし仮りに百まで命たもつなら子は八十それなればなほや励まむ

産みし子の七十歳の孤独に泣きたりと佐野洋子さん産褥の記もあれば

フェスティバル　ロシア映画のコサックの老
母照らしゐし月の下帰る

ドアに声さへぎり閉ざす家並に布団たたきの
音貫《とほ》りゆく

陽がありて寝起きがありてストライク布団叩
きの寒の音かな

寒の水手にいたけれど花挿しの花は日夜を色
鮮やけく

日和みて週一ほどに陽に出だす花鉢　冬家の簪

解説　「澄んだ一本の光のように」短歌を詠む人

栗原澪子歌集『独居小吟』に寄せて

鈴木　比佐雄

1

栗原澪子氏は、四冊の詩集『ひとひらの領地』、『似たような食卓』、『日について』、『洗髪祀り』、歌集『水盤の水』、詩論集『「日の底」ノート　他』、嵯峨信之論『黄金の砂の舞い　嵯峨さんに聞く』、保育所作りの記録集『保育園ことはじめ――人と時代と――』の八冊の著書を執筆している。今回の第二歌集『独居小吟』に触れる前にこれらの著書を紹介してみたい。

一九七八年に刊行した第一詩集『ひとひらの領地』四〇篇の中に「領地」という詩がある。

領地

掌の中に抱かれている間に
仔猫は何を視たのだろう
それとも

私の掌から下りていって
カーテンを駈けのぼったり
鉛筆をころがしたりしたあと
何か視たのだろうか
いつのまにか
仔猫は
たのしまなくなってしまった

眸《め》の中に開閉する
ひとひらの
領地にかくれて

詩集のタイトルである「ひとひらの領地」はこの詩の最後の二行から取られている。この詩は仔猫の生態というか存在の不思議さを淡々と描こうとしているだけの詩のように思われる。ところがその不思議さは、「仔猫は何をみたのだろう」という作者がいつのまにか仔猫の視線に憑依して、外界を観察してしまうところだ。作者と仔猫が自在に入れ替わってしまい「カーテンを駈けのぼったり」してはしゃぎまわっていたが、「いつのまにか／

仔猫は／たのしまなくなってしまった」という。作者と仔猫は遊び合う関係ではなくなってしまった。仔猫はきっと大人の猫に向かっているのであり、「ひとひらの領地」に隠れて生きることの淡々とした無感動な生き方を学んでいったのだろう。栗原氏は仔猫との関係から「ひとひらの領地」を語ろうとしているかのようだ。「ひとひらの領地」とはある意味では故郷であり自らが生きる場所でありながら、実は閉ざされていない場所なのだろう。（眸の開閉の神秘的な猫の目の領地）そこに隠れて生きようとする存在の在り方の不思議さに心惹かれて、その存在の魅力を発見し光を当ててしまうところに栗原さんの詩のテーマがあることを自覚していった記念すべき詩だったに違いない。

この詩集には詩人の菅原克己の解説文が収録されている。その中で次のように栗原氏の詩について語っている。

「この詩集をひもとく人は誰でも感じるであろう。概念的、抽象的な言葉をきらうやさしい表現、その透明で柔軟な強さ……。／そこでは日常のもろもろの小さな事どもが、童話のなかの小人たちのように、ピチピチ挑ねまわるのを知るだろう。／体験というものが、印象とか、ただよくみたこととしてとどまらず、そこから、何かを裂くようにして、もう一つ、ひやりとするものをとり出すことを知るだろう。／孤独といった感情が不幸な閉ざされたものとしてでなく、澄んだ一本の光のように、胸にしみこむのを知るだろう。」

高名な詩人であった菅原克己が、栗原氏の特徴を例えば「体験というもの」が、「何かを裂くようにして、もう一つ、ひやりとするものをとり出すことを知る」と的確に指摘している。菅原克己は、栗原氏の詩的言語もその人物像も深く理解して「澄んだ一本の光のように」と最高級の賛辞を記したのだろう。

一九八九年に刊行した第二詩集『似たような食卓』二十二篇の中の詩「似たような食卓」もまた自己の暮らす場所でありながら、次のように開かれた場所を目指していることが了解できる。

「話しているのは／堀江さんの奥さんだ／／自転車でカタカタッと／勢よく帰って来て／そのまま呼びとめられている／私の向っている窓のつい先で／／五月晴れの休日を／居留守と決めて／私は机に向かったのだから／上げた目に入ってくるのは／窓ガラスと／ガラスの向うで／ぼんやり透けて揺れる蘇芳の影だけだけれど／／おひる？／孤りよ　な・れ・っ・こ／／もうそうか／間もなく／おひるか／／窓にもドアにも／鍵をかけ廻しておいたのに／私の耳が／勝手に屋根と天井とを取り払うことにしたらしい／／ついそことこ／空に開いた／囲いの中／似たような食卓が／女を一人ずつ／坐らせているのが見える／／画用紙の／模型のように／空に開いた／薄い囲いの中に」

この詩は当時の「似たような食卓」の前に坐る主婦をモデルにして自らを解剖するような詩である。たぶん家に閉じこもって詩を書いていた一人の主婦である詩人が、自らのテーマを忘れて家の外の奥さんたちの立ち話に「私の耳」が屋根や天井や壁を通して聴き入ってしまう。机代わりの食卓は「空に開いた」状態になっていて世界に開かれていることに気付かされたのだろう。栗原氏の描く主婦は生真面目なのだが、とてもユーモアを感じさせて、隣近所だけでなく、世界や宇宙といつのまにかつながっていく可能性を示している。「似たような食卓」であるが、食卓の上は一人ひとりの主婦の個性が生み出す多様な料理であり、多彩な創造物である作品であるのかも知れないことを暗示している。つまり「似たような食卓の多様な異物たち」なのだろう。この詩集のあとがきに「曽祖母、曽祖父、兄、父、祖母、姉、祖父、母、私が十五歳になるまでに、私の生家では、この順番で葬いをした。」と記されている。「空に開いた」とは天上の親族たちとも交信をしたいという願いがあるような気がする。

一九九五年に刊行した第三詩集『日について』二十六篇の中に詩「虹」があり、栗原氏の思想を物語っているような詩がある。

「おばあちゃん／さっきの虹　みた？／／姑のベッドに近づくや否や／娘は／いきなり

そんな風に声をかけた／十年以上の祖母との空白はどこにもありはしない／／血とはこうしたものか／娘を見舞いに引ったてたのはわたしなのだが／惚けかけてしまった姑のまえで／わたしはまだ／自由になれないでいる／／娘の幼い頃／百六十人の幼児をわたしは抱えていた／百六十分の一で／わが子を愛すべし／そう自分に課していたふしがある／コミューンはそうしてはじまるのだと／コミューン！　そう／もしかしたら／先代萩の方にまるきり近かったかもしれない／／今日／虹が出たのはよかった／彼女にはおそらく最後の機会になる／祖母との話題が／虹になった」

この詩の中には、栗原氏が五〇年以上前に近くの主婦グループと地元東松山市で始めた保育園建設について触れられている。その時の考えを栗原氏は「百六十人の幼児をわたしは抱えていた／百六十分の一で／わが子を愛すべし／そう自分に課していたふしがある」と、我が子さえ特別視しないで分け隔てない保育をしていた。そして「コミューンはそうしてはじまるのだと／コミューン！　そう／もしかしたら／先代萩の方にまるきり近かったかもしれない」とパリコミューンか幕末の志士のような志を抱いて地元で保育活動を切り拓いていったように思われる。保育所作りの記録集『保育園ことはじめ――人と時代と――』を読むと、栗原氏が手掛けた保育所は「仲よし保育園」、「仲よし第二保育園」と二箇所で活動を続けている。栗原氏の詩はそのような実践から生み出されてきたことが分かる。

二〇〇八年に刊行した第四詩集『洗髪祀り』は戦前・戦後の家族との思い出や別れや当時の時代状況を記した詩篇群だが、アメリカのアフガニスタン空爆などに反対するデモに行った話など活動的な詩「二〇〇一年秋、公園」なども生まれてきた。タイトルの詩「洗髪祀り」は、たぶん戦争中だろうが、シャンプーも石鹸もなくなり「うどんを茹で上げたあとの鍋の湯」で頭を洗う話だが、今も栗原氏はうどんの茹で上げた湯の中にも歴史を感じている。

2

四詩集の他に、栗原氏は二〇〇七年に初めて歌集『水盤の水』を刊行した。短歌は戦後まもないころから書かれているので、五十年間に詠まれた短歌をまとめたことになる。十首ほど挙げてみる。

百の燭さゆらぎやまぬ白木蓮《はくれん》よわが揺曳もかくは華やげ
わが持てる渇ゑのもとの見定めがたく満場一致に遅れしたがふ
急停車の車内にいちど流れたる飛び込みの報その後を知らず
農政書読みつつ思ふ実学の前に詩歌よ奢るなかれと
猫こそは家具の生命だ――わが部屋も一閃にしてルナールの比喩

七月の灼けたる土に青虫を殺してわれに長き謐《しづ》けさ
夜九時のパチンコ台の電飾のせめぎの中に働ける母
泣きゐたるクチバシそろへ歌うたふあはれいとけなきわが同志かな
四半世紀見慣れし夫の自転車が或る日の向きのままに佇ちゐる
音たてて猫が水盤の水をのむ生きて水呑むことのよろしさ

栗原氏の短歌は一首一首がその時の情景なり心象なりの複雑な思いを汲み上げている真剣勝負のように感じられる。季節の花々、内面の格闘、他者の死、詩歌批判、思索の言葉、命の痛み、過酷な労働、子どもの泣き声、夫の愛用品、生命の輝きなどを切り取り、世界を映し出す短歌は、栗原氏にとって内面を記録するとても重要な言葉の表現方法であることが理解できる。

そのような創作活動をしてきた栗原氏が今回第二歌集『独居小吟』を刊行した。三章に分かれて、二〇一二年から二〇一九年初めまでの三二四首が収録されている。栗原氏の短歌は、当初から地元の暮らしを見詰めるところから発しているが、今回の歌集は特に三・一一の教訓を忘れてはならないと考えて、それを短歌を通して足元から問うている。

Ⅰ章一〇三首は「ボトルの水、タンバリン、鶫に告ぐべくもなし、衆議院選挙自民圧勝、売茶翁《まいさをう》、谷中の寺、ヒロシマ忌、夏萩の花、沖縄の海」から成っている。

「ボトルの水」の「夜おそくボトルの水を飲みしかば細き水面に波浪が見えつ」では、私たち生きものが水を補給しつつ、年を経ても波浪を越えて何かに挑戦しようと願っているのだろう。

「タンバリン」の「一万人規模にあらず百人たらずなり町内に声出してゆく」では、都心で催される全国規模の反原発集会とは微妙に異なる、作者の日々暮らす地元での反原発デモの様子が歌われている。地元で声を出す大切さ、難しさ、どうやら、参加者の多くは高齢者らしい。

「鵯に告ぐべくもなし」の「姫辛夷ついばむ鵯《ひよ》に告ぐべくもなしこのそよ風にのる放射能」では、人間以外の動植物たちに放射能の危険を伝えることができないことの罪悪感を記している。

「衆議院選挙自民圧勝」の「選挙ハガキ配られし日は門ごとのバイク音蜜蜂のごとく聞きしが」では、選挙のたびごとに民意に期待を寄せ、結果の選挙制度に不納得を抱かせられているのだろう。

「売茶翁《まいさをう》」の「元祖でも家元でもなし売茶翁は京の路傍に茶を煎じたり」では、真実の禅を追求し、茶本来の精神に立ち還ろうとした売茶翁の潔さを偲んで学ぼうとしている。

「谷中の寺」の「恩愛はさまざまあらむ中にても師のそれはこの世に清し」では、師である菅原克己の眠る谷中の墓地を訪ねる度に、師の恩愛を感じこの世を清めるような詩的精神を再確認しているのだろう。

「ヒロシマ忌」の「ヒロシマ忌丸木館には冷房がなし友の分までウチワ持ち行く」では、丸木位里・丸木俊の「原爆の図」を収蔵している丸木美術館は、原発事故を引き起こした東電に抗議をするために電気料金の一部を支払わなかったこともあり節電に心掛けているのだろうか。

「夏萩の花」の「逝きて十年夫に盆棚を新調すちらし価格に夏萩の花」では、評論家・詩人で亡くなった夫を偲び、盆棚を新しいものにするためにチラシを見ながら様々な語り掛けをしているのだろう。

「沖縄の海」の「臆面もなし札束つんで珊瑚なす辺野古の海を知事に売らせつ」では、沖縄人の精神を冒涜する日本政府のやり方に栗原氏は憤りを感じて、辺野古の海の珊瑚などの掛け替えのない自然破壊を憂いている。

その他のⅡ章の「ぬか漬け、春しぶき、運転免許返上、ポスターカラー、夢の脳、自転車、猛暑、雨戸、槌音」、Ⅲ章の「杏酒、待合室、点検、年末年始、マルワリード用水路、十七忌、わが差別の記、布団叩き」なども、栗原氏の状況を真正面から見据えて書き記されている。栗原澪子氏の短歌はかつて師・菅原克己が指摘していた「澄んだ一本の光のように」紡ぎ出されている。そんな今を真剣に生き他者の痛みを自己に問い掛け、共によりよく生きようとする短歌の試みを多くの人びとに読んで欲しいと願っている。

あとがき

自分の時間が欲しい、独りに戻れる時間が欲しい、そう渇望しながら私の人生は長らく過ぎていたように思われます。多分そのころ私は自分の人生を六十年くらいに限って考えていたようです。

ところが、予想外なことにその限定は三十年ちかく延びていて、しかも、まるまるの独りぐらしの月日もすでに十八年。体力も経済力もきわめて乏しく、準備なしの老居独居ですのに、若いころの渇望感のなせるわざか、与えられたたっぷりの独りが、ずいぶんと私には有難いものとなりました。もちろん、これも家族（離れてくらすとはいえ）、友人あってこそのたまもの、と心に銘じています。

ご縁をいただいて、コールサック社様に、拙い書きつけをこのたび、まとめていただくことが出来ました。鈴木比佐雄様、座馬寛彦様の懇切なお助けに、心より御礼申しあげます。なお、鈴木比佐雄様には作者の貧しい旧作にまで目を通していただき、丹念な解説をお加え下さいました。過分なお言葉には恐縮しきりながら、ありがたく御礼を申し上げる他ありません。

栗原　澪子

二〇一九年二月

栗原澪子（くりはら　みをこ）略歴

一九三二年、埼玉県生まれ。

〈著書〉

・歌集　『水盤《すいばん》の水《みず》』（二〇〇七年・北冬舎）

・詩集　『ひとひらの領地』（一九七八年・詩学社）

『似たような食卓』（一九八九年・詩学社・第二十一回埼玉文芸賞）

『日について』（一九九五年・詩学社・第二回埼玉詩人賞）

『洗髪祀り』（二〇〇八年・北冬舎）

・散文集　『黄金の砂の舞い―嵯峨さんに聞く』（一九九九年・七月堂）

『日の底ノート　他』（二〇〇七年・七月堂・第三十九回埼玉文芸賞評論部門賞）

『保育園ことはじめ―人と時代と―』（二〇一三年・七月堂）

〈現住所〉
〒三五五‐〇〇一八　埼玉県東松山市松山町二‐七‐七

石炭袋

栗原澪子歌集　独居小吟

2019年3月28日初版発行
著　者　栗原澪子
編　集　座馬寛彦
発行者　鈴木比佐雄
発行所　株式会社 コールサック社
〒173-0004　東京都板橋区板橋2-63-4-209
電話 03-5944-3258　FAX 03-5944-3238
suzuki@coal-sack.com　http://www.coal-sack.com
郵便振替　00180-4-741802
印刷管理　（株）コールサック社　製作部

＊装丁　奥川はるみ

落丁本・乱丁本はお取り替えいたします。
ISBN978-4-86435-387-8　C1092　￥2000E